U0554604

抓落实就像敲钉子

长江日报"抓落实"系列谈评论汇编

版

武汉出版社

WUHAN PUBLISHING HOUSE

（鄂）新登字08号

图书在版编目（CIP）数据

抓落实就像敲钉子：长江日报"抓落实"系列谈评论汇编 / 长江日报编辑部编著. — 武汉：武汉出版社, 2023.12

ISBN 978-7-5582-6463-4

Ⅰ. ①抓… Ⅱ. ①长… Ⅲ. ①评论性新闻－作品集－中国－当代 Ⅳ. ①I253

中国国家版本馆CIP数据核字（2023）第244271号

编　　著：长江日报编辑部
责任编辑：管一凡
助理编辑：黄仪萱
封面设计：刘　勍
出　　版：武汉出版社
社　　址：武汉市江岸区兴业路136号　　　邮　　编：430014
电　　话：(027) 85606403　　　85600625
http://www.whcbs.com　　　E-mail: whcbszbs@163.com
印　　刷：湖北新华印务有限公司　　　经　　销：新华书店
开　　本：880 mm×1230 mm　　　1/32
印　　张：2.75　　　字　　数：46千字
版　　次：2023年12月第1版　　　2023年12月第1次印刷
定　　价：19.00元

目　　录

抓落实就像敲钉子

学习贯彻习近平新时代中国特色社会主义思想主题教育正在我市深入开展。习近平总书记指出，要在以学促干上取得实实在在的成效。

以学促干，重要表现是抓落实。习近平总书记曾反复强调，一分部署、九分落实。抓落实就好比在墙上敲钉子，要一锤一锤接着敲，直到把钉子钉实钉牢，钉牢一颗再钉下一颗，不断钉下去，必然大有成效。

武汉正处在高质量发展闯关转型的关键阶段，发展思路已定，关键就是抓落实，难点也在抓落实。把思路变成实景，匹配闯关要求，全市广大党员干部都要想一想，落实什么？谁来落实？怎样落实？如何推动抓落实？

（一）

敲钉子先要知道钉在哪，抓落实先要明白"落实什么"。

一域在全域中，武汉在全国全省大局中。抓落实，说到底就是要推动习近平新时代中国特色社会主义思想在武汉落地生根，推动习近平总书记重要讲话和指示批示精神在武汉落地开花，推动党中央决策部署和省委部署要求在武汉见效。

党的十八大以来，习近平总书记先后五次考察湖北武汉，提出"四个着力""四个切实"重要要求，在科技自立自强、超大城市治理、全面深化改革、长江大保护等方面作出重要指示。总书记对武汉的每一条指示、每一项要求，都是我们落实的"必答题"。

党中央赋予武汉建设具有全国影响力的科技创新中心重大使命，明确要求武汉更好发挥在长江经济带发展中的核心作用。

省委、省政府要求武汉加快建设国家中心城

市和国内国际双循环枢纽，在湖北建设全国构建新发展格局先行区中当先锋、打头阵，担当主力军。

锚定目标定位，市委、市政府提出坚持把创新驱动作为城市发展主导战略，加快把武汉科教人才优势转化为创新发展优势、把交通区位优势转化为国内国际双循环枢纽链接优势。

武汉发展的目标、思路、举措、重点都已清晰，全市各区、各部门都要任务清、责任明，把各项要求落到实处。

习近平总书记强调："不注重抓落实，不认真抓好落实，再好的规划和部署都会沦为空中楼阁。"

发展思路要在落实中见效。思路思路，有"思"更要有"路"，我们这里所说的"路"，就是落地落实的行动，落地落实了才叫"思路"。

"一盘棋"要在落实中体现。有了部署，层层抓好落实才能形成"一盘棋"，不然就会各唱各调。以一域发展为全局添彩，以"武汉所能"服务"国家所需"，要靠抓落实。

"落实什么"明确了，思想统一了，就要像钉钉子一样钉准、钉实、钉牢。唯其如此，武汉转变发展方式，闯过动能转换之关，才不会变成一句空话。

（二）

崇尚实干、狠抓落实。那么，谁来干？谁来落实？

主体是各级党员干部。习近平总书记强调，"干事担事，是干部的职责所在，也是价值所在"。当干部就要干事，就要创造业绩，否则是立不住的。

每个干部、每个岗位都是工作落实的支点和节点。落实没有旁观者，没有人能"隔岸观火"。各级干部都要扛起落实的责任，拼搏到毫无保留，努力到不留遗憾。

各区、各部门领导干部特别是"一把手"，是抓落实的关键。各区是工作落实的第一线，区委书记、区长的作用发挥得怎么样，在很大程度上决定了全区干部队伍的精神状态，决定了区域发展的质效。各区发展好，武汉才能发展好。领导干部刚上任，有个熟悉情况、理清思路的过程，一旦思路清了、方子开了，就要谋定快动，狠抓落实，不能停留在谈规划、谈思路、谈愿景上。

各区、各部门的班子成员都是落实的"一线指挥员"，岗位在一线，职责是落实，要带头领任务、扛责任，把分管工作抓紧抓实、抓出成效。

市、区各职能部门是落实的"答题人"。职能部门沟通上下，但不能只是向上出题，遇到问题就往上交，把"题目"出给上级；也不能只是向下收卷，满足于"分解任务"，在"层层压实"中击鼓传花，自己当"甩手掌柜"。

各级党组织是落实决策部署的战斗堡垒。党中央和省委、市委各项决策部署能从"最初一公里"走到"最后一公里"，靠的就是各级党组织的认真落实。党组织在落实的过程中，"中间段"不能出现"中梗阻"，"最后一公里"不能出现

"断头路"。

（三）

习近平总书记强调，抓落实来不得花拳绣腿。

真抓实干的对立面是搞形式主义，落实的对立面是不落实。抓落实首先就要旗帜鲜明地反对不落实，我们一些地方、一些部门、一些单位突出的短板就是不落实。

不落实有各种表现，不妨画画像。

遇事推诿，消极应对，遇到矛盾和难题能躲则躲、能拖则拖，把自身责任往外推，不敢动真碰硬。这是第一种。

不思进取，得过且过，凡事等领导拿主意、提要求，推一下才动一下，不推不动、不促不做。这是第二种。

大而化之、笼而统之，当"甩手掌柜"，谈思路头头是道，谈落实一问三不知。这是第三种。

不仅"躺平"，还想"躺赢"。这是第四种。

新官不理旧账，当"甩手掌柜"。这是第五种。

知识欠缺，能力不足，干工作"老一套"，跟不上趟，挑不起重担。这是第六种。

以会议落实会议，以文件落实文件，把说了当做了、把做了当做成了。这是第七种。

唱功好、做功差，工作落在口号上，决心停在嘴巴上。这是第八种。

表态快、调门高，行动慢、落实差。这是第九种。

摆花架子、做表面文章，应景造势、敷衍应付，搞包装式落实。这是第十种。

动机不纯，把干事和个人利害捆绑在一起，想问题、办事情是为了自己的"前途"。这是第十一种。

从本位主义、小团体利益出发，利我者落实，不利我者就不落实，做选择、搞变通、打折扣。这是第十二种。

昧于实情，自以为是，工作漂浮而不自知，

不知道自己没有真正落实。这是第十三种。

还可以举出一些。这些不落实的表现，是十分有害的，使风气败坏、精神涣散、工作消极，使各项决策部署不能贯彻落实到底。这里面有态度和认识问题，有工作作风问题，有能力水平问题，根源上是权力观、政绩观、事业观发生了偏差。

与各种不落实的人和事作斗争，使之改变到真落实、善落实的正确轨道上来，打起抓落实的十二分精神，推动各项工作取得实实在在的成效，是我们狠抓落实要解决的主要问题。

（四）

习近平总书记强调，一切工作都要往实里做、做出实效。

狠抓落实是一以贯之的要求，打造新时代英雄城市，高质量发展闯关转型，对各级干部抓落实又提出了新的更高要求。

抓落实是积极主动的行为而不是被动的行

为，是创造性工作而不是流程性工作，具有良好的精神状态和优良的作风很重要。空谈规划不等于落实，大而化之不可能落实。真正干一件事、干成一件事才是落实，在一线、在矛盾和问题所在的地方才能落实。

像敲钉子一样抓落实，要统筹兼顾。全面落实决策部署，弹好钢琴必不可少。市级与区级、市直部门与各区，一级有一级的职责，一级有一级的资源。市职能部门要协调解决区级层面解决不了的问题，各区要坚持全市"一盘棋"，特色发展、差异化发展，互相支持配合，努力形成合力。

像敲钉子一样抓落实，要紧盯目标。目标蓝图分解为一件件具体工作、一个个具体任务，抓落实必须抓得很具体，但不是交办一件事抓一件事，干到哪里算哪里也不得要领。手上是具体的事，但脑子里有"弦"，心里有"谱"，才能把"钉子"敲进去、敲到点子上。

像敲钉子一样抓落实，要转变作风。发展的粗放往往来自干部作风和工作方式的粗放。抓落实必须抓实抓细抓深，粗枝大叶不行，急功近利不行。抓实，就是把工作往实里做，不当原则性领导。抓细，就是追求精细，像抓科技创新、城市治理，都是细致活儿，粗放不可能抓好。抓深，就是不浅尝辄止，很少有钉子是一锤子钉得好的，看准了的事情就"钉到最后"，务求其成。

像敲钉子一样抓落实，要领导干部带头。领导干部既要带头抓落实、督落实，自己也要带头"去落实"。只"去落实"而不抓落实，逞一人之力，就不能发挥领导作用；只抓别人的落实，自己却不出征上阵，许多问题就看不到、想不到、抓不到、解决不了。领导干部抓落实要"致广大而尽精微"，不能认为去抓所谓"小事"就不像领导。有了重视落实、善抓落实的带头人，才能带出抓落实的好班子、好团队。

（五）

推动干部抓落实，有内在动力和外在动力，这两个动力都要增强。

从内在动力来说，党员领导干部抓落实要讲党性觉悟、有境界情怀。觉悟高了，境界高了，抓落实就会成为一种思想自觉、行为自觉，通过抓落实为党作贡献、为人民造福。

武汉是一座英雄的城市，广大干部带着对这份荣誉的敬重、带着对城市的感情抓落实，落实就不只是外在要求，就会更有主动性、积极性。

武汉要过高质量发展的关，调整产业结构、转换新旧动能，要推动市场更加有效，都需要更加担当有为的政府，落实的重任就放在了各级干部身上。

从外在动力来说，要树立抓落实的鲜明导向。不搞论资排辈、平衡照顾，让勇于担当作为、善于攻坚克难的优秀干部脱颖而出，让英雄城市成为"英雄用武之地"。对不落实、落实不力的干部要督查甚至追责，真正让"躺平者"失去市场，让企图"躺赢者"丢掉幻想。要严格落实"三个区分开来"，为担当者担当，为落实者撑腰，让干部放开手脚干起来，勇于创新创造。

要褒奖任用那些真抓善抓落实的干部，帮助

带动那些不会干的，批评教育那些不愿干的，调整那些只尚空谈、不干实事的，真正形成能者上、优者奖、庸者下、劣者汰的干事氛围。

一个实际行动胜过一打纲领。大抓落实、狠抓落实，才能一步一个脚印地推动武汉实现从发展不平衡不充分到高质量发展的"关键一跃"。

2023 年 9 月 18 日

奔着解决问题去

抓落实的目的是解决问题，要奔着解决问题去。落实需要思路，但是不落到解决问题上，思路谈得再好也只能是坐而论道。

要解决问题先要找准问题。有问题发现不了、认识不到，就谈不上解决。发展闯关转型，各种新老问题并存。如果对发展情况只知道个"大概"，对突出问题、症结心中没数，抓落实就不可能抓到点子上。抓工作必须抓得很深入很扎实，许多问题才能看得到、抓得准。

找准了问题，还要有解决问题的办法。不解决桥和船的问题，过河就是一句空话。有的领导干部，问题可能也找到了，但怎么解决、有什么办法，却说不出个一二三；或是大谈困难，潜台词就是不好解决、解决不了。规划不是"桥和船"，原则不是"桥和船"，务实管用的办法才是。办法是不是务实管用，不妨先问问自己，看能不能把自己问倒。

有了"解决方案"，还要付诸实施。措施不实施，就不叫措施；办法没去办，就不叫办法。抓落实的一个关键环节，就是抓问题解决办法的实施。领导干部既要抓实施的过程，一环扣一环地抓，也要抓实施的结果：钉子敲进去没有、见到实效了没有。

各区、各部门领导干部，是狠抓落实、解决问题的"一线指挥员"，问题出现在哪里，身影就要出现在哪里。领导干部是抓落实者，自己也是落实者，应当成为解决问题的高手，而不能等着别人去解决。

2023 年 9 月 20 日

抓落实莫畏难

武汉发展来到一个关口，要更上一层楼，需要闯关夺隘，付出更为艰苦的努力。这个时候，一些干部容易产生畏难情绪。抓落实千万不能畏难，要克难而进。

困难是工作的常态。没有什么工作轻轻松松就能做好，没有什么目标敲锣打鼓就能完成。城市发展目标一经确立，一般都具有一定的高度和难度，实现目标不可能一蹴而就。不经历困难就能达成的目标，不可能称其为目标。

目标既定，就要完成，克服千难万难去实现。我们都看过这样的红色经典文艺场景：接到上级命令后，主人公毫不犹豫地表示"保证完成任务！"这一幕真实表现了我们党克期必胜的传统、党员干部落实"不打折扣"的作风面貌。这响亮的一嗓子，是不讲条件的决心表态，也是不畏困难的信心展现。

推进工作、达成目标，难点就在抓落实。一步一步做、一环扣一环，抓落实没有捷径可走，只有不畏困难、不怕艰苦，不厌其烦、脚踏实地，才能抓出实实在在的效果。抓落实要碰硬茬、见真章——我们到底能不能、行不行？

畏难于事无补，抓落实比胆识、拼狠劲，就看谁的决心更大，谁的精气神更硬足。不被困难吓倒，排除万难、真抓实干，是我们唯一正确的行动选择。

2023 年 9 月 22 日

件件有着落

领任务、扛责任，要件件有着落。

抓落实有两种抓法：一种是定了就干，不见成效不放手，问题不解决不算完；另一种是讲了就算了，杳无音信，不见着落，也不知道有着落没有。这后一种情况，应该迅速改变。抓落实，重要表现是抓"着落"。

任务到"件"，责任到"人"。没有哪项工作是躺在纸面上、停在嘴巴上能够办成的。工作任务落到哪儿、着在谁肩上，进度怎样、成效几许，要桩桩件件有来龙去脉，有承担、有反馈。

有着落，就是事情有结果，任务克期完成。如果有的事情无法按时落实，办事的过程也要报告。

"事事有回音"不等于"件件有着落"，不能光听楼梯响，不见人下来。

"件件有着落"是每一件事情都要有着落，不能着落这一件、那一件不着落。

人到底动没动、做没做？干得行不行、好不好？绝少不得亲自到现场去，一竿子到底，眼见为实。

"有着落"才是推进，各项任务一件一件地落实，工作才能一步一步地推进。

"件件有着落"要成为一种工作习惯、一种工作规矩。不推诿不拖延，每个人铆足劲，把"每一件"都着落下去。

2023 年 9 月 25 日

多为"干成"想办法

抓落实，必须从一件一件事情抓起，干一件、成一件。干不成事，一切都是空的。

有一种"干不成"先生，一拿到任务、遇到事情，第一句话就是"干不成"，甚至找一大堆理由论证干不成。我们一些工作部署得不到应有的落实，一个重要原因，就是在这些"干不成"先生那里遇到了梗阻。

事情还没干就大谈干不成，工作还没做就大摆困难，"编故事""吹牛皮"头头是道，但实际情况根本不是那回事。这样，怎么能把各项工作落到实处？不干事、不干成事，一个干部在岗位上意义何在、价值何在？

"干不成"有信心问题，容易被困难吓倒，"干不成"就成了口头禅；也有能力问题，面对任务一筹莫展，不知道怎么干成；还有作风问题，怕麻烦、怕苦怕累，没担当，遇事两边躲，推辞成习惯。

想干事、愿干事，就要干成事。想把事情干成，就要多为"干成"想办法，少为"干不成"找借口。怎么才能干成事？有什么问题就解决什么问题，拿出干成事的决心和信心，实践会证明所谓"干不成"往往都干得成。

2023 年 9 月 27 日

"马虎相"是什么相

"最近么样哟?""马虎相!"

"事情干得如何?""马虎相!"

我们在工作、生活中,时不时会听到这样的对话。马虎相就是差不多、还可得,大体上过得去的样子。

"马虎相"脱口而出,一次两次让人觉得是自谦,经常这样,人们不免要想:这是口头禅呢,还是事实描述呢?

完全有这种可能:由于"差不多"成了习惯,马马虎虎成了常态,"马虎相"就成了某种"事情真相"。甚至工作上出纰漏,"有坑",却仍用"马虎相"来宽解自己,这就接近玩忽职守了。

"马虎相"是一种什么相?说到底就是敷衍

了事，标准不高，满足于过得去就行。

"马虎相"会导致什么样的后果？人们为此说过一段很生动的话："少一颗铁钉，掉一只马掌。掉一只马掌，丢一匹战马。丢一匹战马，输一场战役。输一场战役，丢一个国家。"

比喻相当生动，后果堪称严重。做事情、干工作就如同打仗，哪怕只一点点马虎过失，都可能牵一发动全身，最后造成很大的损失。

"马虎相"不是个好现象，事情马虎做就不可能有看相。破除"马虎相"，要有高度的责任感、极致的专注度，细心、勤勉。事情不做好，首先连自己这一关都过不了。

2023 年 10 月 11 日

"说过"了还要盯紧了

"早落实了啊,当天回来就开会传达了,还有记录呢!"说可能说了,记录也可能有,但能说明什么呢?

事情没做好,板子打下来,有的同志觉得委屈:"我早跟他们说过了呀,让他们好好做!"说是说过了,"他们"做得怎么样?"我"过问了没有、盯紧了没有呢?

有的同志抓工作,你说他抓得不紧吧,连夜开会,争分夺秒,记录几大篇。但说他抓得紧吧,说过就了事,就万事大吉,后续怎么样,一问三不知。这样的"说过",算什么落实呢?

"说过",传达了要求,部署了任务,仅仅是工作的开始,远不是完成。说过了,还得要盯紧了,让工作落地。

毛泽东同志说，抓而不紧，等于不抓。有的人主动性强，说过了，还需要给予具体指导；有的人手脚慢一点，那就要勤督促；有的人需要合作，更需要上一级统筹协调。工作推进的情况怎么样？遇到什么困难？有什么偏向需要及时纠正？有什么好的方法和经验？……所有这些，都需要一步步落实。

"盯紧了"光靠在办公室听汇报还不够，需要沉到工作的实际当中去，掌握真实的材料，给予帮助，及时督促，这样才会心里有谱，也才能真正把事情做成。

2023 年 10 月 12 日

肯下"苦功夫"

要做成一件事情，没有"巧"可取，非下苦功夫不可。

有的同志干事，不愿意劳神费力，总想着流最少的汗，收最多的粮。第一天让擦两遍桌子，做得到；第二天就琢磨，能不能少擦一遍？取巧的人也希望出成绩，但不肯下苦功夫。

有的同志，当领导在场时，摩拳擦掌，一副埋头苦干的样子，一旦没人就打住，惜力如金，不让一滴汗"白流"，付出带表演性，还美其名曰"功夫下在关键处"。

不肯下苦功夫，凭"取巧"赚便宜的人，注定吃不开；即使有时得到一点小便宜，迟早都要跌跤，聪明反被聪明误。事情干成了，功劳属于谁？怎样也不能属于那些不下苦功夫、不出大力气的人。

有的同志可能会说："我也知道工作要下苦功夫，但也要有巧劲啊！"干工作确实要善用巧劲，遵循规律、符合实际，不蛮干，但用巧劲不等于取巧、玩巧，不等于绕过努力"直奔成功"。

少一些"取巧"，多下苦功夫吧，不要只看到收获的金黄，请先尝尝耕耘的艰苦。

2023 年 10 月 13 日

先干起来再说

"我们人手有些不足呢""资金还差那么一点""感觉条件还不够成熟""再等等看吧"……

有的人干工作，喜欢等万事俱备，各方面条件"熟透"了才动手。有的人是怕，把"等万事俱备"当作一块布，来掩饰自己的畏难。有的人甚至是把"条件不具备"当成了不行动的借口。

可是，万事没有"俱备"，工作难道就不开展了？等万事俱备了，东风等不等呢？等来等去，不免"万事成蹉跎"。应当是，先干起来再说！

干事情当然需要一定的条件。一切就绪，干起来自然顺当些；缺东少西，干起来难免困难重重。但现实不可能都是理想状态，条件不会像精心包装的礼物递到人手上。

它需要我们毫不犹豫，放开手脚，迈开步子，先把事情干起来，而不要等万事俱备了再行动。

没有条件，在干中创造条件；事情不完善，在干中逐步完善；困难多多，在干中去一一克服。很多时候，万事的"备"，也是干出来的结果。

先干起来再说，绝不是不顾客观条件蛮干，切不可混为一谈。

事情干起来就起了头，马达飞转，工作局面将为之一开。

2023 年 10 月 17 日

"做完了"不等于"做好了"

"我都做了呀,看这些报表、指标、材料,不都按要求完成了嘛!"

是呀,做完了却要返工,真是一肚子委屈。做至少比不做好,做完比"半拉子"好,可是"做完了"不等于"做好了"。

何为"好"呢?那就不妨问一问,有没有做"实"。有一种"做完了",要求发下去,结果收回来,材料报上去,流程够完整的,还有图、有表、有痕迹呢,就是没落地,像漂在水上的空瓶子。具体是怎么推进的?结果是不是实在?问题有没有解决?多问几句,就说不上来了。这样的"做完了",是做实了还是做空了?

还要问,有没有做"足"。有的"赶紧交差了好脱手",有的"管它的,差不多就行了",结果远远达不到要求，最后不是自己要返工，就是别人替你返一道工，浪费时间又误事。这样的"做完了"，又怎么能叫"做好了"？

更糟糕的是做"坏"了。做事情不倾心力、不管好差，敷衍了事、草草应付，这反而可能把事情越做越糟，造成的后果得多大的劲才能挽回来啊。

落实落实，"落"是做，"实"才是做好了。自己经手的事情，无论大小，都要力求"做好"，非动脑筋、花心思、下功夫不可，对工作负责，也对自己负责。

2023 年 10 月 20 日

这口气不该松

工作经验告诉我们，每当办成件难事儿，或一项重大工作告一段落，很多同志可能会产生这样一种想法："终于大功告成，可以松口气了。"

工作有如跑步，紧张跑过一段，人难免疲累，调整放松很有必要。不过，放松是不是松气？

跑马拉松的人都知道，中间调整一下节奏、状态很有必要，但最好不要停下来，不要松那一口气，因为松了就再难聚起来。

必要的调整放松，尚且不应松那口气，如果"松口气"是指松懈，这口气就更不能松了。

有的同志，"松口气"就松掉了警惕，小小成功后自满了、骄傲了，躺到功劳簿上；有的同志呢，一松就"垮"，待在舒适区里按部就班，

31

很难再提起紧张感；还有的"松完气"一看，哎呀，问题反弹了，甚至退回去了。

所以说，这口气松不得。这方面历史上有太多告诫，"一鼓作气，再而衰，三而竭"是老少皆知的历史典故，"一篙松劲退千寻"是老革命家送给中学生的肺腑之言。老百姓也常言"再接再厉""趁热打铁"等等，这些道理，都来自活生生的经验。

人"松口气"，事却不"松口气"。有些事紧一阵松一阵，就很难保持连续前进的势头；有些事看上去完成了，可事态是变化的，"不进则退"；还有些事，需要连续作战，容不得喘口气。

我们经过紧张忙碌的工作之后，要防止"松口气"思想的发生，已发生的也应迅速纠正。

2023 年 10 月 25 日

我们都是答题人

抓落实，谁来落实？工作中还是有人犯迷糊。不是吗？有一种人，做事的时候看不到人，指手画脚、评头论足时就出现了。有一种人，遇到了难题向上抛，接到了卷子向下甩，自己两手一摊，只管打分阅卷。还有一种人，把工作任务"击鼓传花"，自己倒像个没事儿人。

若把落实比作一场考试，这些人是"答题"意识不强，甚至可能缺乏"答题"意识。

落实是从上到下，可绝不是自由落体。一层有一层的任务，每个岗有每个岗的责任。抓落实不需要我们再去出这样那样的题目，"时代是出卷人"，中央决策部署和省委、市委工作要求就是具体的考题。题目已经交到我们手上了，我们就是答题人，答题就是做事。

推进事情，解决问题，这些实实在在的工作就是在答题，就是在交卷。落实得如何，回答得怎样，我们也不是作评价的人，人民才是阅卷人。

我们都是答题人，每个岗位有不可替代的责任，没有人能置身事外。层级高一点低一点，职务上一点下一点，只是工作内容不同而已。每一层、每个人都要扛起自己的担子，弄清自己的角色，尽到自己的责任，一丝不苟答题，交出合格答卷。

2023 年 10 月 27 日

多从主观找问题

一谈落实，"客观原因"就是经常登场的"演员"。

接受任务时，找"客观原因"，理由罗列一大筐，潜台词就是"完不成"。等到推进工作时，一遇到困难，不去想方设法，"客观原因"又登场了——"看吧，我当时怎么说来着，怎么可能办成！"最后事情没做好，"客观原因"还是不谢幕——"不是我不努力，而是客观条件造成的"，为干不好寻找"现实合理性"。

什么客观原因？无非是为干不成找理由。总是强调"客观原因"，责任就推出去了，畏难就遮掩住了，自己就心安理得了，说到底还是主观上出了问题。

有句话说得好，"困难像弹簧，你弱它就

强"，形象地说出了主观能动性和所谓"客观原因"之间的关系。主观能动性一弱，困难就容易越积越重；而直面困难，持必胜信心，蓄积能量，总会找到解决的办法。关键还是愿不愿意去干，愿不愿意去千方百计想办法。

天下有什么事是客观条件完全具备、一点困难都没有的吗？恐怕是没有的。想干成事，总有办法；不想干事，总有理由。老话说得好："只要思想不滑坡，办法总比困难多。"凡事还是少从客观找原因，多从主观找问题，事情才能真正办好。

2023 年 10 月 30 日

克服定局思维

很多工作有目标考核，有时序进度要求，要结硬账。眼看着时限近了，而工作离目标任务尚有差距，一些同志就容易产生"已成定局"的泄气心理。有的觉得目标既然完不成，就脚踩西瓜皮，滑到哪儿算哪儿。更有甚者，干脆"躺平"。

这种"定局"思维要不得。只要没到最后时刻，结果还没有定格，就不成其为定局。事在人为，哪怕时间再紧迫，也有改变、逆转的可能。改变或决定结果的因素很多，拼搏到最后一秒不放弃，就是极重要的变量。

如果把干工作当成一场比赛，只要终场哨声没响起，就应保持必胜之心，绝不放弃努力。赛场上，最后一刻翻盘的例子比比皆是。就在前不久的亚运会上，全红婵逆转了陈芋汐的领先优势，以微弱优势夺冠。两位小将用巅峰对决昭示，世上殊难有胜负预判的定局。

我们干日常工作，传奇色彩可能不如竞技体育，但工作进展的分毫，同样激励人心。克服定局思维，盯紧目标不放弃，去全力争取最好的结果。哪怕最终没有百分百兑现目标，那份因努力而靠目标更近的成就与满足，也是"躺平卧倒"绝对带不来的。

2023 年 11 月 1 日

争朝夕但不只看朝夕

处理快和慢的关系，是很考验党员干部功力的。

说到"快"，有的人希望立竿见影，迫切希望早出成绩、快出成绩，这可以理解。但如果为了早出成绩，就急于求成、急功近利，甚至应景造势、搞表面功夫，这就是观念发生偏差了。

说到"慢"，有的人慢吞吞、不急不恼，这还是慢性子；有的人干脆就躺着、混着，数着日头慢慢过，那就是作风出了问题。

这几种情况，都不能说处理好了"快慢"关系。

"快"的是什么呢？是只争朝夕的劲头、作风、精神。今天的事今日结，眼前的事马上办，这是好的作风，也是一种能力。光阴似箭，要想多做事，当然要时不我待、争先恐后。再说了，很多事情耽误不起，错过了就时不再来，要争分夺秒。

"慢"的又是什么呢？是但讲担当，不看一朝一夕。我们的很多工作是长期性的，很多工作要打基础、为长远。就像我们今天栽片树林，不可能明天自己就能乘凉，但后人会收获一片凉爽。为明天计的工作，同样要让汗水、耐心和定力出"细活"，功成不必在我。

自然界有一种竹子，前 4 年竹芽只能长 3 厘米，到了第 5 年，竹子终于能破土而出，以每天 30 厘米的速度，六周左右飞快长到 15 米，这就是著名的"竹子定律"，厚积薄发的典型。不是每个人都能等到"薄发"时刻，但每一厘米的"厚积"都有自己的价值。

2023 年 11 月 2 日

找到抓手

开门要找把手，开展工作、打开局面，一个重要方面，是要找到抓手。

"抓手"是人手抓握、把持的部位，往往是最佳的受力点。引申开来，抓手就是开展工作的切入点、突破口。它可以是一个工作载体，也可以是一项具体行动计划。

比方说，要攀登一座山，山顶就在那儿，跳是不可能跳上去的，那么就要找岩壁上的凸起、凹陷或缝隙，手有了地方抓，脚有了地方踩，就能一步一步攀登上去。

手抓脚踩之处，就相当于是工作抓手。有了抓手，工作能抓上手，才谈得上步骤、路径。没有抓手，工作无从下手，就只能望山兴叹。

很多时候，工作打不开局面，往往是没有找

到抓手。一项工作再千头万绪，总有其要害，要害一旦找到了，就像是开门抓到了把手，工作便很有把握地开展起来。

抓手要"找"，要发现、比较、选择。它不会自动塞到我们手中。一项工作或是一项任务刚开始，多多少少都会让人觉得没头绪，这时需要我们开动脑筋，去找出那个最有力、最合适的抓手。不先找到抓手就开干，很可能"抓瞎"，费力不讨好，严重的还会造成难以收拾的局面。

找到抓手，本质上是要抓准工作任务的核心与关键。工作作出了部署、设定了目标，就需要我们找到一个个明确而具体的抓手，去一步步开展工作，抵近目标。

2023 年 11 月 3 日

多谈"解决问题"

抓落实的过程，是一个不断解决问题的过程。"多谈问题"，还是多谈"解决问题"，相差二字，思路和效果可不一样。

有人习惯说"问题是……""问题关键在这里……""这么多问题，很难的……"

有的名曰"诸葛亮会"，各人轮着说一大圈问题、摆一长串困难，最后问到具体方案，没话了。

有的倒是"专题研讨"，建议也不少，有些听上去还激动人心，可具体到落地实施，就成了"飘飘何所似"。

只谈问题，不谈解决问题，因为有的只是感性印象，没有深入分析，也就提不出解决方案；有的没有调查研究，不了解具体情况，只是"纸上诸葛亮"。还因为有的不愿意提具体方案,怕"任务最后派到自己头上",其实是怕麻烦、推事情。

找问题不难,提意见没错,但落实最需要的是找到解决办法,提出解决方案。如果都困在问题里,很少去想对策,那工作就很难推进了。

其实仔细想一想,有些问题是真正的"问题"吗?"觉得""感受""以为"……与其说这些是"问题",不如说是"症状",是问题在工作中的"表象"。真正的问题,要扎实调研、深入思考才能得来,把准脉、看准病、找到根,药方已经呼之欲出。真正的问题,必然来自"解决问题"的迫切和干劲。这样的问题提出了,管用的解决办法也就有了。

2023 年 11 月 6 日

把会开短才能开好

"今天我们简单碰一下。"

会议开场白简短且有力，有时却难免演变成一场"马拉松"。

开会是做好工作的重要手段。但开会不是为开而开，是为了解决问题。开会要把握好时间，开出质量、开出效果，"一切只为把事做好"。

不论大会小会，会前都要进行科学合理的安排。人们有时候对会多、会长有意见，其实不是反对开会本身，而是对效率低下、"人浮于会"、浪费时间的会风有意见。

把会开短才能开好。有的会事关重大，内容厚实，也应当尽量开短，不能因为会议重要就任意延长时间，淡化对会议紧凑性的要求。议程叠床架屋，内容重复啰嗦，场面花里胡哨，历来为群众反感。要想心思筹划，让会议高效进行，该合并的流程合并，该精简的内容精简，该突出的事项突出。

会议关键看解决问题了没有。"话都没说清楚就散了会"，这不是短会；不解决问题的会，长短皆失宜。把会开好，必须有准备、有规则，尤其会议主持人要把控进程、掌握时间，为开短会、开好会负责。

2023 年 11 月 7 日

争当主攻手

有一类"二传手"干部：来了文件和学习任务，"看书看皮，文件看题"，自己不深入学，随手翻翻，大笔一挥签字转发；来了业务工作，立马开会，原样发文，闹得水响，却不分析、不研究、不谋求对策；来了任务要求，则数字简单一分，甩到下级，收口时把下面来的数字和材料一加，应付上级——上传下传，如此这般，万事大吉。

相对不作为慢作为的太平官，这类干部假把式、真甩责，人浮于事，却因为处处留痕，还给人很忙、很负责的印象。其实，出工不出力的"二传手"，空耗了人力、折损了效率，工作迟迟落不了地，责任和矛盾还因此下移。譬如一件事，局长批给副局长，副局长批给处长，处长批给科长，一层批给一层，一层甩给一层，击鼓传花一直到办事员，结果呢，再能干事的办事员也难以担负，落实也就落成了"空"。

有一副对联，上联是"你开会我开会大家都开会"，下联是"你发文我发文大家都发文"，横批是"谁来落实"——谁来落实？这个问题问得好！

一层有一层的"主攻任务"，一层有一层的责任担当。只有大家都来争当主攻手，直奔困难去、不怕困难多，担起该担的责，做好该做的事，才能凝起气、聚起力，把工作任务真正落到实处。

2023 年 11 月 9 日

不"拖"

"拖一拖、缓一缓、等一等"。拖，真是个老病根。

有的人呢，总想着时间还早，按兵不动，到最后一刻匆匆忙忙临阵磨枪；有的人呢，光"动口"不"动手"，推一推动一动、不推不动，甚至推了也不动——这还只是"拖延症"，另一些就是"心病"：畏难怕苦，不拖到拖不下去不行动的有；害怕"翻烧饼"，拖到没有时间反复修正的有；抱着"大事拖成小事，小事拖成不干事"心理的亦有。

再好的部署也经不起"拖"，再好的思路也架不住"等"。拖拖拉拉看上去是个不起眼的小习惯，可这小习惯里是不断的"自我妥协"，日子一长不但伤筋动骨，还会侵入骨髓。"拖"，会拖低效率，浪费成本；"拖"，会贻误时机，错失窗口期，丧失主动权。不但落实落不到"实处"，现实中"小事拖大、大事拖炸"的教训也不少。

一个"拖"字背后，有惰性心理、畏难心理，也有"怕麻烦"心态；有态度问题、作风问题，也有能力问题。归结到一点上，还是没有把本职工作当作自己的事。凡事当作自己事的话，就有强烈的责任心、敢担当的硬作风，碰到困难就会主动啃"硬骨头"，遇到短板就会去钻、去学、去提高，算算时间就会坐不住、放心不下。

2023 年 11 月 10 日

层层承压，不要层层卸责

　　都说抓落实最难的是"最后一公里"，因为抓没抓出效果、落没落实，都在这里见真章。但是，正如长跑需要全程配速一样，"最后一公里"通不通，要往上一层一层去诊断。

　　有的干部习惯当"传话筒"，吼吼嗓子、摆摆样子，会议"原汁原味"往下开，文件"原封不动"往下传，也不结合自身特点，也不查找具体问题；有的擅长做"中转站"，满足于分解任务，把工作和责任击鼓传花，自己反倒"一身轻"；还有的专做"问责官"，热衷于签订各种"责任状"，又是考核又是问责，做得轰轰烈烈，一旦落实不到位，板子全打到下面去。

　　种种情形，有的是形式主义病根，雷声大雨点小，传到最后一公里已经"能量衰减"；有的是不负责任"甩锅",层层传压,实质是层层卸责,推到最后当然会"梗阻"。

"层层落实",意味着每一层都有压力,每一层都有该干的事、该负的责。层层都在责任链条之中,层层都要压实自己的落实之责。"一级抓一级、一级带动一级",需要传授经验方法,理思路、寻对策、修内功,创造解决问题的各种条件。老话说,上下同欲者胜,以上率下者强。要求下面做到的自己先做到,要求下面不做的自己坚决不做,做得好的善于激励,做得不好的先在自己身上找原因。一级做给一级看、一级带着一级干,层层示范引领、级级狠抓落实,才能真正把工作落到实处、贯彻到底。

2023 年 11 月 13 日

要过什么关

一些同志把接受检查、验收、考核等程序，当作"过关"。在他们心目中，只要把这些关过过去，就万事大吉。至于如何解决工作上真正的不足，甚至对已暴露出来的问题，反倒不是特别在乎。

工作当然要过关，但到底要过什么关？应当是要过问题关、成效关。程序关是手段不是目的，是促进目标任务达成的办法之一。过关不是临时抱佛脚，而是一种全时性的饱满工作状态。

有的同志过程序关很在行，整材料得心应手，做汇报头头是道。更严重的，演变为形式主义的应对，把问题掩盖起来，切实干成的工作少之又少。只过程序关的结果是，流程走完了，程序到堂了，但问题可能越积越多。还有的把过关当一阵风，光说不练的有之，急于求成的有之，到点就停的有之，风过依然故我，"关过事没过"。

真正的过关，是在干事过程中不断付出，有难关随时攻克。"关口"不只是设在阶段性考核的终点，而是散布工作全程，要一个接一个去攻。很多关口不劳考核，不事声张，默默化解。攻克了又前行，遇到了再攻克。过关是验干货、结硬账，程序上的过关是水到渠成。

最重要的关口不在外界和他人，在我们自己：事情做没做、好不好，先过自己这关。一时过关也不等于一劳永逸，翻过这一关又投身下一段进程。

2023 年 11 月 14 日

虎头还须豹尾

"三分钟热度"在抓落实中比较常见。一开始轰轰烈烈、大张旗鼓，一段时间之后偃旗息鼓、马放南山，再之后杳无音信，不了了之。

有的人只想"毕其功于一役"，没有常抓不懈的韧性；有的人开头抓得狠抓得紧，后来越抓越松，对工作进展情况和实施效果漠不关心，最后草草收尾；还有的总想着"重打锣鼓另开张"。细想来，这里面有作风问题，有工作方法问题，也有政绩观问题。

我们干工作要善始善终，形象地说，虎头还须豹尾，而不可虎头蛇尾。抓落实贵在持之以恒，也难在持之以恒。难就难在要持续跟人的惰性作斗争。抓铁有痕、踏石留印，是需要一股子韧劲的。

恩格斯说过，利用时间是一个极其高级的规律。同样是干事，抓紧和抓不紧大不一样，"经常抓、反复抓、持久抓"和"松一阵紧一阵"完全不同。时间带走一切，时间也带来一切。万事开头难，但工作开了头，坚持下去、实施到底，也不容易。只有经常地、细致地、艰苦地稳扎稳打往前走，经得起时间的考验，才会有漂亮的结尾。

2023 年 11 月 15 日

不怕吃亏

干工作不能太过计较个人得失，老盯着别人做不做、做多少，自己吃亏没有、回报几何。怀有怕吃亏的心态，事情往往做不好。

对于怕吃亏的人，人们打过一个生动的比方：遇事先横向比较一番，再把自己力气匀好，就如同它是能切分、可称量的物品，放在心里的秤杆称一称，按量支出，一分不多使，一毫不白给。心思用在了打算盘上，精力有所保留，工作成效可想而知。

做事出力总希望平均主义，或是跟自己职责严格对等，稍与内心想法不符就认为吃了亏，就是利益受损，便宜了别人——这心态的本质是以自我为中心，事业心和责任心放到了一旁。

处处怕吃亏，人老往后退，事业的机会、人

生的目标无疑都会越退越远。抓工作落实，就是要豁出去干。以共同的事业成败为中心，没那么多弯弯绕绕。投入干事的状态最是忘我、纯粹，富于热烈的精气神。有那细盘算的工夫，事情早已不知做了多少。

干事虽然要付出辛劳，但我们也从中得到学习、锻炼和提升。能力本事归根结底是长在人身上的，付出越多本领越强，自己才是那个受益的人。不怕吃亏、肯于任事，组织和群众的眼睛都是雪亮的。

2023 年 11 月 20 日

要"过得硬"，不要"过得去"

"过得去"与"过得硬"，一字之差，天壤之别。

什么是"过得去"？有的同志"怕吃苦"，迎难而上多累啊，不如任务打个折扣、落实做个选择、形式搞个变通，做了、做过了，就算了。有的同志"怕吃亏"，生怕事情找上门，盘算"小九九"，处处打算盘，应付应付就够了。有的同志"怕担责"，不做事就不会做错事，多一事不如少一事，马马虎虎就可以了。还有的怕倒是不怕，就是抱着"平平安安占位子"的心态，凡事"大概、好像、差不多"，美其名曰"中庸"——看，"过得去"的人，只管"差不多"，可不管"差多少"。

时时满足"过得去"，最后真的过得去吗？

小病不治，大病难医。现实中有很多事，做的时候马马虎虎、蜻蜓点水，钉子没钉牢、问题没解决，小事最终拖成"大事"，小病拖成顽疾，不但过不去，还有可能收不了场。

只有在每件事情上见真章、求真效，真正"过得硬"，钉子才能一锤一锤敲进去，问题才能真正解决，工作才能真正做到位。

靠什么"过得硬"？一靠过硬的本领，二靠过硬的作风。本领过硬，做事才能"拿得下"；作风过硬，干活才能"出得手"。有人说，我就是本领不高，拿不下来才心虚啊。其实，过硬的本领哪一项不是在石上磨、事上练出来的？说到底，靠的都是决心和力度。

2023 年 11 月 22 日

敢接烫手山芋

一些同志干工作，习惯拣不那么繁难复杂的活干，怕接烫手活、干棘手事。抓工作落实，就是要敢接烫手山芋。

所谓烫手山芋，就是工作中的痛点、难点，是问题交织、矛盾突出的事情，这往往也是最需要突破的关键所在，决定着事情干不干得成、目标任务能不能实现。遇到烫手山芋，果断接下来，有难解难，有关闯关，推动一项项工作往前赶，这不是个人意愿问题，而是关乎工作成败。

敢接烫手山芋是干部不可推卸的责任。工作任务即便再棘手，交给了谁，谁就要上。怕烫不接，避之唯恐不及，这不是真干事、真落实。"兵来将挡、水来土掩"，我们的同志就是要有一股子狠抓落实的劲头，不挑三拣四，不拈轻怕

61

重，争做解决问题的"关键先生"。

怕烫不接，是解决不了也摆脱不了任何问题的，只会让烫手山芋变得更加烫手。敢接烫手山芋当然不是好强逞能、莽撞行事，而要靠坚实的能力打底，善作善成，把一道道难题一桩桩重活"接住""办好"。

2023 年 11 月 27 日

干中学，学中干

经常听到一些同志说：某项工作，我是"外行"。言下之意是，这项工作，我不知道、不熟悉、不太懂。

在新的时代条件下干工作、抓落实，的确有很多事情是我们不知道、没经历过或者以前较少做的，过去学的本领也渐渐告罄了、不适应了。对自己不知道、不熟悉、不太懂的工作任务，一天两天说"我是外行"，情有可原。但几个月、几年下来，还说"我是外行"，甚至把"我是外行"作为不干、干不好的借口，这就不对了。

如果"不知道就不干"，那么工作将永远悬在半空中，蓝图也将永远是张蓝图。抓工作落实，一个基本条件，就是每个工作者在他的岗位上，不懂也要先干起来，干什么就学什么，在干中学、学中干，努力成为精通业务的行家里手。

有的同志有干好工作的真诚愿望，也承认学习的重要，但却总是借口工作忙，而不认真学习。这恐怕是割裂了工作和学习。

工作任务不等人，我们不可能都离开工作专门进行学习，待"学成归来"再开始干，更多的要在岗位上、干事中进行学习，边干边学，边学边干。有的事情必须干起来，才知道缺什么、补什么，有针对性地学习。有的事情必须钻研进去，才知道具体怎么干、如何干得更好。

2023 年 11 月 29 日

不避短才能补短板

一个人、一个部门、一个地方都有"短板"，短板补不补？

有的干部说，何必花力气在不擅长的事情上，扬长避短不是更好吗？有的干部担心费劲补短板，补成"样样通、样样松"；还有的干部说，强项做到极致，不就能遮住短板了？

就个人成长而言，扬长避短不失为一种选择。但在抓落实中，短板不是想补则补，不感兴趣就不补，而是非补不可，补短板关系工作全局。"短板"一词源于木桶理论，说的是木桶能装多少水，不取决于最长的那块木板，而取决于最短的那块木板。木桶要能装更多水，短板是遮不住、避不了的，不补不行。比如说，一些工作领域中的短板，不补就可能埋下隐患，工作就很难上台阶；一些能力上的短板，不补就会成为门外汉，面对问题束手无策；一些制度上、管理上的短板，不及时补就会形成积弊，影响大局。

短板不能静态地看。有的事当下尚可为之，未来可能难以为继；有的一度是引以为豪的老经验老做法，在新情况新挑战面前恰恰成为"拦路虎"。短板也不能孤立地看。"补短板、强弱项、固底板、扬优势"之所以总是同时出现，就是在提醒我们，事物要辩证去看，系统去办，统筹推进。补短板不能采取消极、被动的态度，而要积极主动补。

一个人也好，一个地方也好，难的往往不是找短板、补短板，难的是不避短、不讳短。只有时时从痛点着眼、难处着手，找准短板、补齐短板，工作才能稳步推进。

2023 年 12 月 1 日

莫把调研当接待

抓落实需要搞好调查研究。调研有两方：来调研的一方，被调研的一方。前者不能把调研当观光，后者不能把调研当接待。

调研的目的是了解情况、研究问题，总结经验、推动落实。调研是干工作，不是走马观花、看景散心，对被调研者来说，则不能搞成迎来送往的接待活动。被调研者提前准备接待"剧本"，调研者什么时间到哪里、参观什么，从哪里开始陪同、多少人陪同，全都计划好——这样的调研安排，既让调研者调研不到什么，也无助反映实情、解决问题，除了浪费时间与物力，没丁点儿好处。

不把调研当接待，有的被调研的同志可能有顾虑，担心"招待不周"得罪上级；有的恐怕有遗憾，觉得失去了让领导"注意"自己的机会；有的可能怕伤面子，好像不尽所谓"地主之谊"，就不能体现对调研的重视、对调研者的尊重。

调研就是调研，而不是别的什么活动。既然是调研，就要轻车简从、直插现场，不搞层层陪同、接待。调研是调研者和被调研者共同完成的重要工作，双方都要力避形式主义，不让调研走样、"变味儿"。

对被调研者来说，"不准备就是最好的准备"。实在要准备，还是那句老话，"功夫下在平时"，力气下在工作上。情况、数据及时掌握，了然于胸。调研要来？随时欢迎。

2023 年 12 月 5 日

多一点"亲自"

俗话说"火车跑得快，全凭车头带"，可见领导干部在抓落实中的重要性。但在现实中，不亲自做调研、不亲自部署、不亲自协调、不亲自督察落实情况，只工作在讲稿、材料和方案中的"火车头"还真不少。

有的领导干部，只挂帅不出征，高高在上、凌空蹈虚；有的停留在一般性号召，不身体力行；有的单单开会、层层指示，到了基层已经走了样；还有的只提要求不教方法，只给任务不给条件，只顾开头不顾收尾，时间长了，连自己也忘了这档子事。习惯坐而论道、不愿起而行之的有之；习惯坐办公室听汇报、靠"车轮子"走马观花，不做扎实调研的有之；习惯"签批指示"，不做具体案头工作的亦有之。

"亲自"还是"不亲自"，既是作风问题，也是工作方法问题。领导干部掌全局、抓重点，正因如此，更需要躬身入局去发现问题，迎难而上去解决问题。扑下身子，沉到一线，亲口尝尝"梨子的滋味"，才知道是酸还是甜。用别人的"嘴"去尝，永远不是自己的感受，就很难作出符合实际、行之有效的决策来。对于重大工作、关键事项，领导干部亲自抓、亲自做，也是发挥领导作用，不能认为一"亲自"就不像领导。

　　领导干部不仅要率部出征，还要身先士卒，树立榜样。如果只是大会上讲、小会上说，不亲力亲为，下头就会有样学样、照葫芦画瓢。领导干部多一点"亲自"，多一些带头，上行下效，工作就更能落到实处、取得实效。

2023 年 12 月 6 日

主动做和被动做

都是做工作，"主动做"和"被动做"大不一样。

"被动做"的人，看上去任务也完成了，但过程可能敷衍了事，最后恐怕是在材料上"见成绩"；也有的临门一脚勉强"过关"，困难并没有根本解决；有的揣着"不做事就不会做错事"心理，勉强应付就万事大吉。这几类人往往无大错、无佳绩、无理想，甘当"混时派"，"当一天和尚撞一天钟"。还有一类人则不然，表面上布置什么完成什么，积极肯干，热情很高，但其实说一下应一下，办事不动脑筋、想办法，往往是冲着抢表现、出风头而去，这也不能说是真正"主动做"。

真正"主动做"，是明白为什么而做。正所

谓谋定而后动，"主动做"的人会站在全局和长远的角度，主动思考为什么做、做什么、怎么做。

真正"主动做"，会为了把事情做好，深入实际，于细处"起笔"，掌握第一手资料，积极探索新思路新办法。

真正"主动做"，不会把走基层、到一线当作吃苦，反而看成解决问题、增加养分的好机会。

真正"主动做"，会把困难当成磨刀石，把挑战当成提高的机会，持之以恒，精益求精，在完成一件困难而重大的任务中获得巨大成就感。

所以，你看，"主动做"的人，不但事情做得踏实，个人潜力也会被激发，能力水平不断提高。"主动做"和"被动做"，看表面有时差不多，其实差得多，差在内驱力、作风和精神状态。

2023 年 12 月 8 日

跟上节奏

干工作、抓落实，要紧紧围绕目标任务，时刻关注进度，跟上节奏，而不是埋头自顾自干事情。

节奏，指均匀有规律的进程。就像乐队奏乐，不同的人乐器不同分工不同，但要成就优美的旋律就得共同努力，大伙儿按一定的节奏协同演奏。大部队赶前头去了，自己却落在后头，游离于节奏之外，更或者滥竽充数，都是破坏节奏旋律的行为。

干工作也要讲节奏。我们所处岗位的"上下左右"，都是一道做工作的人，上级有什么部署，同事分工如何、进度怎样，都要留心关注。留心不是分心，不是多事，要跟上节奏就应该多看"上下左右"，落后了就快马加鞭，马虎了就精益求精，失焦了就重新聚焦。

事情再多、任务再难，都有轻重缓急。对重点任务，要紧抓不放；对棘手的事情，要聚力攻坚；对日常例行之事，可以有张有弛……跟上并适应节奏，才能有条不紊、忙而不乱，干一件成一件。

工作节奏虽不像音乐旋律那样听得见，但也可感知、能掌握。干工作、抓落实不是盲目干、盲目抓，要全神贯注，心中有谱。只有跟上了节奏，才能与工作大局共振共鸣共进。

跟上节奏还意味着随时调整自己的习惯，告别舒适区，适应新形势新要求。工作内容会变，目标任务常新，个人的节奏要以变应变。

2023 年 12 月 11 日

抓重点，重点抓

抓落实，说着容易做起来难。

有些干部工作忙忙碌碌，疲于应付，没有哪一件工作能够贯彻到底；有些呢，负责的工作多，往往顾了这头顾不了那头。就说眼下吧，年底回顾一年的工作，有多少干部胸中无"数"，重点工作说不出个一二三？

这是一种很常见的困惑：事情千头万绪，哪样才是关键？精力是有限的，要在什么事上摆布更多的精力？全面和侧重，如何才能兼顾？面对"既要、又要、还要"，如何才能从容不迫、件件落实？

全面落实不是撒胡椒面平均用力，抓重点、重点抓才能真正抓出成效来。

拎衣要拎衣领子，牵牛要牵牛鼻子。一个地

区、一个领域的"牛鼻子"，就是关键领域、重点任务、主要矛盾。这就得有"全局观"，看清整头牛，才能找到牛鼻子。要牢牢把握那些制约、影响、决定全局的主要矛盾和矛盾的主要方面，紧紧抓住那些落实中的关键问题和问题的关键环节，锲而不舍，坚持不懈，带动全面落实。

正所谓"举一纲而万目张，解一卷而众篇明"。抓重点、重点抓既是工作方法，也是工作能力。牵住了"牛鼻子"，就绝不能畏首畏尾、瞻前顾后，也不能牵一下松一下，要紧紧牵住不放，敢啃硬骨头，当"难题解决者"。

2023 年 12 月 14 日

加压才能出油

工作中，有种声音总希望减压，最好是不要有压力；有的人，压力一大就受不了。

可是干工作、抓落实，哪能没有压力呢？没有压力就没有动力，没有压力事情就不可能干得成、干得好。

工作任务在手，目标在前，责任就上肩，压力自然来。压力是工作的常态，要想"零压力"除非"零工作"。

俗话说得好："井无压力不出油，人无压力轻飘飘。"大多数油井，地底的油气不会自然往外流淌，非得施加压力，促动起来，油气才喷涌而出。干工作也好比打油井，要保持良好的压力状态，主动扛重、自我加压，下更大更足的心力，持续把压力转化为工作"产能"。

有时人们会感觉"压力山大"，究其原因，或是对业务还不够熟，或是抗压能力不足，或是有畏难情绪，也可能是肩头的"担子"确实在变重。不管哪种情况，都要正视压力、激发潜能，通过提升自我提高抗压能力，兵来将挡、勇往直前。

"压力像弹簧，你弱它就强。"逃避压力只会让工作更加困难重重、自己更加畏首畏尾。在压力下奋发有为，可以干成事情、做出成绩；没有这个压力，说不定工作就干得没那么好。

2023 年 12 月 15 日

说　明

习近平总书记强调，一分部署、九分落实。

今年是全面贯彻党的二十大精神的开局之年，在武汉深入开展主题教育、推动高质量发展闯关转型之际，市委市政府要求全市上下以学促干、狠抓落实。2023 年 9 月至 12 月，《长江日报》围绕"抓落实"刊发系列评论，联系当前干部群众思想实际、工作实际、作风实际，针对抓落实中的突出问题，有的放矢，力求给人启发和帮助，推动全市形成强担当、勇争先、善作为的良好风貌。

为进一步强化抓落实工作，现将系列评论汇编出版。个别篇目收入本书时，作了少量的文字订正。系列评论由长江日报编委会组织，评论理论部撰写，评论员刘敏、鲁珊、刘功虎执笔。

2023 年 12 月 15 日